es 1775
edition suhrkamp
Neue Folge Band 775

Der Wiener Lyriker und Prosaist Robert Schindel stellt seinen vierten Gedichtband vor: *Ein Feuerchen im Hintennach.*

»Ich bin ein Jude aus Wien, das ist die Stadt / Die heiße Herzen, meines auch, in ihrem Blinddarm hat / Die schönste Stadt der Welt direkt am Lethefluß / Ich leb in ihr, in der ich soviel lachen muß.«

Lieblied, Sehnlied, Klagelied: Immer sind diese Gedichte leidenschaftlich-beseelt und lebensvoll und sinnlich, bitter in ihrem Humor, zuweilen pathetisch und sperrig.

Es sind Gedichte, die vom Krieg in der irakischen Wüste sprechen; Gedichte, die der »Wortheimat« Wien entstammen oder beim Reisen entstanden, in Paris, in Frankfurt, Hamburg oder Berlin. Und es sind, wie immer bei Robert Schindel, inniglich zarte Liebesgedichte, die zu den schönsten unserer Tage gehören – »Zuluste und zuleide«.

Robert Schindel, geboren am 4. 4. 1944 in Bad Hall, Oberösterreich, lebt in Wien als Schriftsteller. Bisher erschienen von ihm die Gedichtbände *Ohneland* (es 1372), 1986; *Geier sind pünktliche Tiere* (es 1429), 1987, und *Im Herzen die Krätze* (es 1511), 1988.

Im März 1992 ist der erste Roman von Robert Schindel erschienen: *Gebürtig.*

»Der umfangreiche Romanerstling ist glänzend, man möchte sagen professionell komponiert; und um nicht den Eindruck eines überkomplexen Monstrums bei einem ohnehin überschwer lastenden Thema hervorzurufen, sagen wir gleich dazu, daß Leichtigkeit eine der Tugenden des Erzählers Schindel ist (. . .) Das lyrische Temperament des Autors, viel bewundert und gescholten, bleibt dabei wohltuend eingebunden in die Zielstrebigkeit des Erzählens.« (DIE ZEIT)

Ein Feuerchen im Hintennach
Christof Šubik, März 1992

Robert Schindel

Ein Feuerchen im Hintennach

Gedichte

1986-1991

Suhrkamp

edition suhrkamp 1775
Neue Folge Band 775
Erste Auflage 1992

Erstausgabe

Satz: LibroSatz, Kriftel
Druck: Nomos Verlagsgesellschaft, Baden-Baden
Umschlagentwurf: Willy Fleckhaus
Printed in Germany

1 2 3 4 5 6 – 97 96 95 94 93 92

Für Gudrun Siegler
Phoebe S. Simon
Sowie

Für die
Welche in den Gedichten
Li heißt.

Kapitel 1

Im schönen Zwischdraußen

Erster Splitter Nacht

Flachsig das Durchhalten am Beginn der Abenteuer
Draußen die Vögel versumpft auf ihren unsäglichen
Zweigen
Drinnen vornegebeugt aus den Stühlen reden wir
Einander das Schamlose in die Gesichter und aus den
Brüsten heraus

Hernach abfallen Maulquappen zur Linken zur Rechten
Es sternt aus, daweil wir auswinden unsere Schultern
Durchnäßt von den beiden Regen, dem von oben, dem
von der Seite
Wir, im Lichtkegel der inneren Fröhlichkeit, an den
Händen

An den Lenden an den Schenkeln fassen wir uns an.
Schon geht
Die Finsternis, verhockte Blaumeisen am Baum vorm
Fenster
Beginnen mit ihren Kontrapunkten zur Morgenblässe
und wir

An den Mündern vielzunahe ineinand die Ohren
aufeinandergelegt
Wundreiben sich unsere Kniekehlen daweil wir nach
hinten auffallen
Springt das Herz aus der Brust und der Pirol vorm
Fenster wie immer

Nullsucht 5 (Um dich rum)

Im Prinz Eugen nach Norden
Landschaft egal, ich selbst im Spiegel
Attraktiv wie der Wind? Ein Talmud?
Oder ein Hirn, gar für meine halbwilden Lenden?
Irgendeine Umarmung, kein Wie und Warum
Herkommen aus Wien um dich rum um mich rum

Oder – ach laß es – die Brandung
Eine Ankunft für mich – keine Landung

Bin 7 (Besoffen und zerlassen)

Besoffen und zerlassen sitze ich in dieser Stadt am Main
Und bin mir selbst ein Beistrich in der Zwischenatmung
Möchte in diese Luft hineingehn, doch dort bin ich ganz
allein
Besoffen und zerlassen würg ich mich in mich hinein

Was auch, der März geht schnell, die Nächte dunkeln
Mir als Komplizen zu und sind im Funkeln
So groß und sind vom Licht geschreckt so klein
Ich schwitz mich abgefroren wund bei diesen
Dämmerein

Und bin und bin bis zur Entsorgung, kann nicht anders
sein
Zerlassen und besoffen möcht ich niederschrein, was
nagt
Was mich zerwispert und betont als wäre ich ein Stück
Doch bin ich wehe weh und träne mich im Wein

Und gehe raus ins große Zwischen, welches kühlt und
labt
Komme – wie ruhig werd ich – auf mich zurück

Marsfeld 2 (Im kalten Februar)

Im kalten Februar neunzigeins
Sitz ich auf place de l'ecole und militaire
Vertrautes Auge da und dort, ich sah in keins
Ich geh zum Invalide und friere sehr

Schau rüber zu concorde, ich mag
Mich kuscheln zu dir hin mit Beinen.
Als guter Mensch mit deinen Lenden meine zu vereinen
Und meine Träume buchstabieren, was ich sag

Daweil die Blitze morsen ungebrochen
In meine Einsamkeit, verschorfen sie
Fahren am Golf da unten in die Knie

Fahren in Kehlen Wirbelknochen
Haben das Herzeingeweide abgestochen
Vereine meine Lenden mit den deinen nie

Fest in der Rue Goethe (Salut auf George Troller)

Sind alle da, George, die Vertilgten
Die Lebenden, die mit den hungrigen Augen.
Die furchtbar schönen jungen Frauen saugen
Die Schatten auf der ohne Ruhm Vergilbten

Fehlt keine Melodie. Die Stadt Paris
Rundumunsher. Wir stehn herum.
In all den Blicken spiegelt dies
Was einst verloren ging so greis und krumm

Da bist du unverloren, siebzig, in der Mühle
Welche das Feine sondert; unbezwungen
Daweil rundumunsher die Große Kühle

Die Nachgewachsnen, leidlich neubedungen
Singen um Quarten höher als die Alten sungen
Indes sich ordnet schon neuartiges Gebrülle

Nullsucht 6 (Zwischdraußen)

1

Zwischen den Blicken im Vorlauf
Zwischen der gebuckelten Haut beim Gesauf
Allerhand kühle Regenschwaden
Zwischen Winter und Frühjahr die Keuchkaskaden

Und jetzt: Altona, Friedensallee
Und da: Spaghetti beim kleinen Italiener im
Grindelnachlaß
Ferner Westbalkon in Berlins Württembergischer Straß
Südliche Wintersonn auf Elbchaussee

2

Ferner Waldheim: Das Tauwetter als Regen
Vergangene Zukunft mitten beim Judenhassen
Ich werde geküßt und kann vom Geküsse nicht lassen
Österreich daheim im Arsch und ich lebe mein Leben.

Die Alpen bunkern sich ein, ich bin heraußen
Im Norden im Vogelflug am Elbefluß
Alsda ich sie dauernd küssen muß
Hier im schönen Zwischdraußen

Petit Café, Hamburg

Ständiger Regen rundherum
Finde ich
In aufregenden Tagen
Eine Stille
Sodaß wiederum
In die Bewegung
Kommt der Atem

Aber hernach
Tanzten die Wodkas
Und im Schleier
Aus innerer Rhythmik
Sind weniger bedrohlich
In diesem Café
Dem Wiener Juden
Seine hochdero Gespenster.

Skarabäus

Die Augenblicke halten nicht aus. Haltbarer
Sind die Libellen. Sie ziehn
Den Horizont durch die Flügel
Es wechselt sofort das Licht
Gregor aber knietief stand er
Im Augenblick aus Dauer

Nach einem Halbdutzend
Von Jahren will er einmal seinem Chef
Sagen ein Wort, daß der aus dem Sessel
Wird kippen. Bis dahin
Sei der Mist davor
Und mag weilen

Aber ich als wär ich derselbe
Ergehe mich im Lichtbart der Liebe.
Der Flug der Libelle die
Ankunft des Atemzugs
Stauen herrlich vorm Horizont
Die Zeit auf. Wir erden die Herzen

Aufwache ich wie immer. Herrlich und haltbar
Der heikle Rand unsrer Körper, doch
Durch den Funkenflug schimmert uralter Dung.
Lieg ich am Rücken die sechs Beinchen
Schwirren mir vorm Zenit. Der Abend vorm Rüssel
Mein Herz ist ja Mist schon und weilet.

Yuppilied 2 (Über Schlauheit)

Hinterrücks verfuchst. Die magre Schlauheit
Vom Arsch breitgesessen, diese dünne Weltbewegung
Im Einzelnen der Ohnmacht, diese Schlauheit brummt
Das Konzentrat der Körpersäfte in das Freie, in was
freies.

Sodaß ein jeder seine Nase in der Schlauheit haben kann
Von Frühling an bis Totensommer Lebensherbst und
Schrubbelwinter
Und eingesammelt sind wir in den Billigkeiten. Das geile
Angebot
Im Widerrist des Lebens merken wir schon nicht mehr

Doch sind wir da und platzen nahezu vor Präsens
Verführen was wir lieben, daß es sich verschrumpelt
Indem es alsogleich uns vor den Zehen liegt aus Liebe

Bis wir darniedersinken zu den Zehen selber
Kämpfen am Boden liegend mit dem Fuchs im Rücken
Und sterben ab, wenns dem zu viel und drückend wird.

Vineta 2

In Wien kenn ich dir jeden Stein
Paul Stein am liebsten, jeden Stern
Am lachendsten den Willy, jeden Hochroizpointner
Karli
Den Präsidenten aber auch den Ratzer Charlie

In Wien kenn ich die meisten der Kastanienbäume
Und jeden Mokka, ob beim Kalb oder im Prückel
Den Rotwein sowieso, den Heurigen der Brünnerstraße
Den Stephansdom um halb vier morgens fest im
Augenmaße

Kenn dir den Wiener, ob vermummt als Trafikant
Oder herausgesagt vor allen Ohren als Sekkierer
Die Frauen kenn ich dir, ob aus Hernals
Oder verhuscht im Wiental allenfalls

Was ich nicht kenn in Wien, was kenn ich denn?
Den Radius der liederlichen Einöd Stufensteigen?

Vom Hörensagen kenne ich den echten Judenscherz
Und mit der Zahnbürste spür ich des echten Wiener
Herz

In Wien kenn ich dir jeden Stein und jeden Stern
Lebe in dieser Stadt so mittelgern

Lieblied 18 (Zauberhafte Nacht)

Zauberhafte Nacht. Die Zwillinge
Über der Frankfurter Skyline. Ich
Eingewickelt im eigenen Atem
Suche in deinen Augenblicken
Mein fremdes Antlitz, doch es weht
Dein Atem vom Norden her
Verfängt sich unterm Hemd und
Zauberhafte Nacht

Kastor und Pollux
Eingesternt in den Ewigkeiten. Wir aber

Aber wir. Ach wir. Wir beide
Zuluste und zuleide

Berliner Spaziergang 2

Hinunter die Pariser Straße. Hinten
Vom Olivaerplatz der Westwind heftig
Der Ludwig Kirchplatz ist wie immer mit sich selbst
geschäftig
Ich gehe weit, um mir von dort zu winken

Winke mir zu durchs dumme Wilmersdorf
Das sich in seinen innern Straßen längst verlor
Jetzt bleibt vom alten Himmel bloß ein frischer Schorf
Ich komme mir im Gehen sehr versammelt vor

Kalte Sophie am Westbalkon von Dorothee
Weiter im Westen hinter Spandau Regenbogen
Ich quer die Bleibtreustraße unterm Esbahnbogen

Am Ende lande ich in Halensee
Daweil die Nebelfetzen ober mir vorbeigezogen
Kehr ich zurück und trinke müdgewunken Schwarzen
Tee

Münchener Spaziergang

Hinten drin im Schumanns quirlt sich
Bei einer ruhigen Einsamkeit die Schreierei
Die breite Ebene verwirrlt sich
Vielstimmig schweigt das alte Einerlei

Die Münchner Straßen wie ich sehe schnurgerade
Durchschneiden Seelen fransen Zeiten
Ich geh darin in meinem zweiten Maientage
Daweil sich Heimatlose zubereiten

Sehr schöne Leute reden mir ins Ohr
Und galoppieren in der schnellen Metropole
Die kalten Ärsche haben alle heiße Sohle

Hechten nach irgendwas und machen Kohle
Die Augen alle gluh jedoch bevor
Sie abgehn singen sie bei Schumanns hinten drin im
Chor

Der Trauzeuge

Schön ist der Himmel
Über Hochosterwitz als da
Ich herfuhr im Zug
Um vorm Gebirg
Zu unterschreiben
Einen Ehepakt, Wolken
Kommen auf uns herab, wölfisch
Das Zähnefletschen künftiger
Kombattanten und elegant
Rollt mein Zug ins
Exotische Klagenfurt wunderbar
Schauen die Festgäste einander
In die alten Augen, keine Wolke
Im Himmel des wilden Kärnten und
Ich unruhig, nervös
Wegen alter Freundschaften komme an
Lasse den Koffer fallen vorm Eingang
Umarme die baldigen Eheleute und das
Messer der Zeit, auf Hochdruck
Steht es

Beobachtung der Herbstzeitlose

I. (SONATINE)

Ich liebe die Herbstzeitlose, ich
Lieb sie so sehr. Diffus sie im Lichte und
Vom Marsfeld her die Schatten
Am Kopf die dunkelblauen Mützen schräg, Gauloise
Im Mundwinkel und hier im Bistro
Stehen die alle einher. Pernod
Schon nicht.

Heutiger Verkehr versinkt in großer Nebelsauce
Pauls »Himmel von Paris, die große Herbstzeitlose.«

II. (MENUETT)

Hast du gesehn, indes am Glitscherseile
Du hängst und Herbstzeitlose dich umgibt
Daß Notre Dame ist eine große Eule
Die dich betrachtet und zerhackt, weil sie dich liebt?

III. (BLUES)

Hundsfott zwischen den Autos, Hundsfott in
Blinkenden Augen, föttisch und wie gelbe
Aus mir raus das krumme salbadernde Vieh
Rennt vor mir her, hinterdrein mit Schultern
Wie aus dem Gewandhaus, ungekegelt
Das Lichtschnappen meiner Visage hin zu
Vom Gekicher angepfefferten Verfinsterungen vor

Mir das Vieh, ich starre auf das Gezottel
Vor mir dahin und wie es stinkt das Ichtier
Scheißt alle meine Trottoire glitschig, sowas von
Asphalt, was ich in Zähnen hab und Dauertöne
Durchsprengselt mit dem Koloraturgelächter Saint
Denis

Denn dort picken die Mammas ihre Krümel
Weg von der Salzlandschaft des inneren Gestöhns
Am Boulevard Sebastopol nehm ich mit sieben Griffeln
Mir meine Hoden und ich schmeiße die aufs Salz
Das schweigt. Hundsfott und Katzenfott verringeln
Daweil der Schnee die leisen Seelen schneidet

IV. (SONATE)

Die Minusgrade bleiben eine gute Weile
Der Schnee mischt sich im Sturm und der fegt lang
Die Seine hinauf. Ich ging gemürbt die große Eule
Notre Dame vor Augen ins Petit Pont und trank

Und trank, durch rue de la huchette
Wirbelten Flocken, von Saint Severin
Bimmelte ein magres Glöcklein Bettler in die Reih
Ich ging vom Wein weg, hin zur Bimmelstätte
Stand aufgebauscht im kalten Februar da
Daweil die Bettler vorrückten zur Suppe
In meinem Rücken schlürfte diese Schmuddeltruppe

Und kriegte Wärme in den Bauch. Der Himmel klar
So daß er überzog mit Sternenlicht die üble Route
Der ich mich überließ und nahm die Herbstzeitlose wahr

V. (ROMANZE)

Juliette aus dem Osten von Paris
Erinnerst du dich noch an mich, jetzt bist du sechzig
Ich siebenundvierzig, doch damals
In deinem kleinen Zimmer war dein Körper groß
Und alle Hoffnungen in unserm heiklen Schoß

Mir geht es unterdessen leidlich mies
In ein paar Jahren bin ich selber sechzig
Und meine Lenden wachsen mir in Hals
In deinem kleinen Zimmer dort im Osten
Juliette, wolln wir die Klapperzeit verkosten

Auf deinem Tischchen nach wie vor die blasse Rose
Ich bring in meinen Bronchien mit deine geliebte
Herbstzeitlose
Du Frau, dein Haar ist weiß, dein Blick ist wund
Ich mitternächtig küsse dich auf deinen Murmelmund

Und in Ménilmontant steht still der Sturm, nur Sterne
Scheinen ins Zimmer rein, es ist zu nett.
Ich bleib dir ferne, grüße dich von dort, Juliette

VI. (BALLADE)

Und hauten sich, das war vor vielen Jahren in
Der Rhumerie am Boulevard Saint Germain
Und haun sich noch, ich gehe durch das Zeug
Einher geh ich und hau mich Tag und Tag

Denn hauen ist viel besser als bereden
Sich selber ficken besser als spazierengehn
Unds Lampenpack von Sprache straßenlang
In tiefer Nacht vertrunken pempern lassen

Bis die Laternen sich das Licht in ihrem Innern
Verquält ausblasen, besser dunkel als
So dröge vor sich hin die Avenues
Entlange scheinen also Finsternisse

Machen Kulissenstories, unterdessen sie
Sich hauten, haun und hauen werden
Ich selber haue mir mein Fäustchen in den Nabel

Breche zusammen in Cluny und flüstere
Mit dem geschwollenen Nabel dann von du zu du:
Papá kommt vor. Und Clowns. Und Leben nicht so

VII. (ELEGIE)

Ich trinke vor mich hin, das Trinken
Ist nicht so auffällig wie sogleich versinken

Hat in der Speichelethik eine Diskretion
Um mit dem schwarzen Tuch, ich fahre weg, zu winken.
Ich wink mir zu mit einer Flasche Côte du Rhône

Ist scheußlich wie so sehr bombastisch
Auf alle Böden dieser Welt ich hinschlagen tu
Doch schwankend stehn statt liegen ist fantastisch
Im Zwiegespräch mit Arthurs Kakadu

Dem Kakadu? Du findest diesen Vogel
Nicht angebracht in diesem nachgelaßnen Nebel?
Doch da ist der, zitronengrün beim Selbstgemogel
Gehört er meiner Brut an neben Eule Goya Hegel

Noch vor der Herbstzeitlose, die mich unbedingt
Zu ihren Blättern nimmt, damit das Sterben
Vergnüglich wird, und nicht als ob ein Kegel
Vor sich hin fällt, aufschlägt, im Verderben
Noch tragödisch nachhallt. Lieber hoch das Zeug und trinkt

VIII. (MINNEGESANG)

Und wenn ich treffe meine Freundin Phoebe
Mit der ich in Belleville mir meinen Steiß verkühlte
Und wenn ich rede mit der liebsten Gudrun
Wenn alles dann vorbei ist, sitz ich da.

Habe nur mich, die Quadratur des Körpers
Sogleich ruf an ich Peter in Berlin
Beschimpf noch Marion, weil in meiner Nähe
Hamburger Juden keine Heimstatt finden

Und klinge einsam hör dem Schweigen
Mit Leidenschaft so nach, kein Ton, kein Blick
Ich wälze auf den Rücken mich zurück
Und mag mich ganz zum eignen Traume neigen

Lieblied 15 (Erziehung des Herzens)

1

In diesem Hamburg stolze Stadt des Regens des
Freisinns des Reichtums der aufgewasserten Wut
Traf ich mich, der ich versehrt angereist kam aus
Abwürgungen denn
Die atemlose Liebe nimmt weg
Das am dringlichsten ist
Traf ich mich im Kokon der pünktlichen Herzenswärme
und
Brüte seither

2

Im Mittag des Lebens
Da schon die Untergänge die Aufgänge verschrecken
Kommst du herein in den Kreidekreis
Meines sinnlos vor sich her pumpenden Herzens
Nimmst mich auf in deinem Gesicht
Sodaß entsetzt aufblüht der Krokus
Über den Trauersinnen

3

Ists so daß auch für mich bereitsteht noch
Eine Morgenröte aus Du?
Ists so
Daß ich anatmen kann
Schamlos
Unterm genauen Gelicht
Deiner wandernden Augen?

4

Oder hab
Ich die Lust
Der frühen
Empörung angeschaut
Im Norden im
Schatten deines
Herzens?

5

Denn deins schlägt ruhlos
Gegen die Gespenster
Und es ward wirklich
Die Erziehung
Der Gefühle im ungeheuerlichen Angststau
Hernach wir
Uns belächeln und funkeln in milden Frösten.

6

Wohl hören wir
Was aus frühester
Kindheit schrie
Spinnen wirs ein
Im Atem
Im Körper
Li?

Sehnlied 6 (Jetzt komme ich an)

1.

Jetzt komme ich an
Hin zu dem wo ich
Alles vergessen will
Woher ich kam und auch nicht

Aber du
Vorsichtig genießend
All das Meine ohne Boden
Zu verlieren. Fest am Grund jeglicher Furcht

Und ich kenn
Alle Unterschiede
Von Bodenständigkeiten und Angst
Und egal

2.

So empfang ich deine Küsse
Und gebe sie aufs Geratewohl zurück.
Hör ich einen heftigen Atem
Lach ich, denn du bist noch da.

3.

Sonst aber ist in dieser Gegend, Li
Am schönsten die Himmelskuppel
Denn sie umschmiegt deine Knie

Marsfeld 5 (Friede, deutsch, endlich)

(für Julius H. Schoeps)

Kuwait ist zu weit
Schon Danzig war ranzig

Ist Polen gestohlen
Ist der Scheich mir gleich

Kein Öl für das Blut Seele ist gut
Vergaster Jid ein Sternenblick

Vergifterei
Fern hinter jeder Türkei

Großvater Vater stampfsterbend in Sibir
Ich und Ichesich Frieden und hier

Marsfeld 7 (In der Geheimschrift)

1

In der Geheimschrift der Poesie sind
Billig worden die Wortpirouetten

Aus den Kehlen nämlich gurgelt Blut
Sinkt in den Sand und der knirscht

In den Lungen die wir zusammen
Pressen aus Friedfertigkeit

2

Uah möpekillhusch
Sonnuntergang Savanne

Wüste Skorpione lösen
Stachel hin Stachel her Explosionen aus

3

In der Geheimschrift der Poesie
Schlaf ich mich zuhauf daweil

Goddam dem Traum diktiert
Das Leben zum Tode. Mutabor.

4

Hernach sondern ab
Die Wortpirouetten

Im Innersten der Furie
Noch paar Schmonzetten

Kapitel 2

Nordnordsüd zum Wörterdelta

Dem Täterkind

(Für Niklas Frank)

Und der Lasten alle
Sie zu tragen und sich nicht
Begraben
Lassen macht schon
Leben heute
Und verbindet uns
Schon von den Öfen her
Neben den andern
Und fröhlichen Dingen

Lieblied 14 (Scherzo)

1.

Es ist alles wahr auch
Liebst mich und wie
Mein Zigarettenrauch
Bis in die Früh

Wahr meine Liebe
Im Dunklen im Hellen
Ich fühl mich todmüd
Bei den Dämmergesellen

Die Dämmerungen haben
Mich stets bezwungen
Alle Niederlagen
Hab ich dort errungen

2.

Alle Niederlagen
Sind wirklich und wahr
Wir lieben einander
Wie im künftigen Jahr

Paris und Berlin
Deine Juden im Herz
Und Wien oh Wien
Mein Leben mein Scherz

Ich warte und warte
Das ist alles wahr
Wir lieben einander
Wie im künftigen Jahr

3.

Daweil ich warte
Schreiben sich solche Gedichte
Und die Zukunft verharrte
In diesem Lichte

Wir lieben einander
Wie im Tübinger Jahr
Der Neckar weiß es
Alles ist wahr

Wie ein alter Brauch
Ists: ich lieb dich und wie
Mein Zigarettenrauch
Bis in die Früh

Ein Feuerchen im Hintennach

(Für Dagobert und Karl Wolf Biermann)

1

Ich bin im Hintennach ein Feuerchen
Rutsche durch Landschaften, ich ruhe gut, ein
Reisender.
Zwischen den Amtsgewalten zur Verbesserung des
Menschen
Lutsch ich mich selbst bis hin zum Aha. Es schmeckt
süß.

Davongelaufen sind die mit dem Rucksack unterbrust
Zu einer ruhigen Sonderfläche namens Andersleben
Sind von den wirren Wäldern langgeweilt umzingelt,
Die Bäche gehen träge kreuz und quer, es lebt sich.

Mag sein, ein junges Tier, vorbeigegangen ists
An meinem Zwischenzauder, quert die Wälder
Und findet statt bei jenen Abendsassen
Doch wenns danach noch redet stirbts danach
womöglich.

Ich bleib das Hintennach und muß ins Vornehin durch
Rauch
Sodaß ich knurrend hust in den Gedächtnissen:
So sei doch solidarisch. Denk an dich. Zerbeiß die
Knochen.
Und liebe nichts als was dich in die Flucht bringt.

2

Wohin noch flüchten? Nah des Baches Nachtmäander
Verflüstern sich die zögerlichen Wandersassen
Und kommentieren mir mein schwarzes Haar ins Graue
Entnehmen rucksackweis Fleischstücke und sie braten

Die Hoffnungen zu Schmalz und Kruste
Trinken den Roten, singen Internationale
Fahren mit bloßen Panzern ins Geschlecht
Ihriger Wörterfraun, lagern am Bach hernach und
träumen

Sich unversehrt ins Komitee der Weltgeschichte.
Ich dorthin nicht. Als Hintennach, als Feuerchen
Wend ich mich nordnordsüd zum Wörterdelta
Da ja versammelt ward, was je die Krähen sprachen.

Stumm ist das Heim der aushäusigen Wörter
Von außen ziehts, und innen ist das Blut
Erinnerlich die eigentliche Sonderfläche
Dort ich mich schwimmend strecken kann, daheim,
daheim.

3

Auch ein Daheim. Die Meinigen sind ausgehaust
Schon längst und haben im Rumbulawald nächst Riga

Sich zum Skelett gestreckt und knurrend schlafen sie
mein Schlaf
Unschuldig wie vertilgte Tierchen wittern sie bei diesen.
Salomon.

Vererben uns nur ihre dreisten Träume die sich
Mit meinem Leben mischen ein Feuerchen im
Hintennach
Rutsch ich entlang der Menschenlandschaft
Hin zu den Öfen, doch so kalt war nie ein Ofen

Als der als welcher er dort steht mit vollem Bauch
Der Anverwandten ist er jetzt prachtvoll Gedenken
Und Lebensmenschen landen da mit Düsenjägern
Schreiten einher, ein Walzer, schmücken ihn mit
Pflanzen

Mit Schleifen, darauf Wörter, nie vergessen,
Und Totenwürde, Lebensrest, ich bleib als Sasse
Im Adijöh zurück, so ist mir rätselig
Die Sonderfläche meines Daseins.

4

Und schuldig ich, und wie, ein Halbgerechter
Denn ich vergnüg mich gar nicht schlecht in deutschen
Landen
Schütte entlang der Wiener Donau meinen Samen

Ins helle Lachen und mein Blick geht in die Belsen fremd
Hinein in die Konturen innerlicher Keuchkommandos
Denn Feuerchen bin ich im Hintennach, da drechsel
Ich Wörter noch und noch, damit vor mir da liegen
Die Augenspiele aus den frühen Wäldern

Lieb ich die Nähe flieh mich ins ganz Nahe
Sodaß die ferne Zeit mich sprachlos bloß umzingelt
Wächst mir der Rucksack mit den Knochen unterbrust
Ich fall nach vorn auf meine Sonderfläche. Salomon.

Davongelaufen sind mir viele die ich mochte
Auch wenn sie ihr Gestorbensein als Ehrgeiz hin und her
Gewendet hatten, so als ob sie knurren können
Als ob ich atmen kann und knurrn im Hintennach
zuhaus.

5

Und geh mit meiner jungen Liebe gehe ich nach Belsen
Nach Binsen und Verschleiß geh ich mit Li
Steh vor den großen grasbewachsnen Hügeln
Worein sich je die Tausenden verrottet krümmten

Und dort ich steh und geh zwischen den Hügeln
Schläft keiner von den Toten seinen Tod zu End
Fahren die Natopanzer klirrend durch den Schlaf
Schießen Granaten ab, so schießts und kracht es
dauernd.

Was Bergen Belsen sonst einst war, es ist ein
Truppenübungsplatz
Mitten in Deutschland, nicht in Thule hinter Vineta
Nah Celle ist zuhaus der Trauerfluß von dem
Die Energie für Künftiges geliefert wird. Ein
Monument

Des Ernstes und der Sammlung Anne Frank
Kauert wohl sprungbereit im Staub der Lüneburger
Heide
Und leg ich dennoch einen Stein auf einen ihrer Hügel
Bis mich die deutsche Freundin nimmt um meine Hüften
schnell.

6

Und fahren wir zurück unter dem großen bleichen
Und Himmel Norddeutschland, sind Tränen schon
Längst eingesammelt in den Schrein der Leidenschaft.
Ich liege bei der Deutschen da in Deutschland.

Und stehe auf, besteige frei den Zug. Komme
Zurück, ein Feuerchen von Hintennach,
In meine Wortheimat, mein Wien am Donaufluß
Dort lächelt sich Vergangenes hinein

In die etwelche Gegenwart, in allen Beiseln
Sitzen die Lachenden mit Rotwein in den Gurgeln

Schlempern den Lethefluß, der kreuz und quer der Hofburg
Unserem Vergessenskaiser wäscht die Zehen blutig.

Daher bin ich geflohn? Die Jesuitenwiese geh ich
Großer Gesang aus Wien am Binsenstrom
Die Amseln brechen ab links rechts nach Süden. Krähen
Falln ein in dieses enge Land. Sind gern daheim.

Dem fragilen Freund, nach Bergen Belsen

(Für Dierk Juelich)

Aber wenn die Emotionen
Von damals und jetzt
Hinterm Flaggschiff einherdriften
Gegen das Unsägliche
An Dummheit Verleugnung Alltäglichkeit
Dann will ich dich gern erinnern
An einen
Sonnuntergang an ein
Gedicht ein
Lächeln der Liebe

Aber dennoch

Bin 4 (Mittag des Lebens)

Diese Nacht die
Der Mittag des Lebens ist. Wie
Wuchten die Sterne sich
Im Schaum der Gedanken

Neben mir Buch Hegel, wortstämmig
Auf mir die Stille, kratzend
Meine Oberflächen von Rand über Rand
Unter mir ächzt wieder, geschlagen,
Das Blauauge, mein philosophisches Tier

Bis andämmert von Nichts zu Nichts
Das bloße Wollen

Als es hell ward wurde dunkel
Der Mittag. Nebel fetzten ums Haus.
Bin am Fenster
Überkommen prachtvoll und
Trinke hin zum Abend
Schon seinen Schaum in frühzeitig
Gereichten Kelchen.

Bin 8 (Aufatme ich)

(Für Hans Mayer)

Aufatme ich und hebe ab und fliege
Da unten sind, daweil mein Atem absinkt
Geröllfiguren in den Waldquadraten unbedingt
Am Boden, zwischendrin Geschluchze und Gewiege

Das Mutterkommunistenleben altersstarr.
Sie selbst bricht ab und liegt als Mutter
Im Geröll, ein Amsel, Drossel, Finkenfutter
Erschoßner Vater unter ihrem Leib, der junge Narr

Ich hebe ab und atme auf, bin sowieso
Sehr sinnenhaft und lebensfroh
Und golden glänzen meine Larifariflügel

Prachtvoll links unten nun der Belsener Hügel
Auf dem der Käfer geht mit Grille und mit Igel
Dem Morgen zu. Vergangen brennt der lichterloh

Wald bei Riga

Da will ich ein paar ruhige Zeilen schreiben
Zwischen den Atemzügen kurzen Blicken
Mag mir den kleinen Beifall dabei einverleiben
Umarmungen vielleicht. Ein Nachtatem könnt
glücken.

Doch fahren in den Jeeps und krötengrün
Gewaltige als Silben schlecht getarnt
Mit Quack und Blubber drüber hin
Sodaß ein andrer Beifall mich umarmt

Sondern der Blasbalg gibt die heiße Luft
Als Aufgeregtheit aus, ich kann ihn treten
So viel ich will und meinen Atem kneten

Aus dem Rumbulawald der ruhig ist ruft und ruft
Ein alter Mann samt Sohn wie aus der Gruft
Dabei wachsen in jenem Wald die stillen
Herbsttrompeten

Kapitel 3

Ein Störrischer vom Ort

Vineta 1

Ich bin ein Jud aus Wien, das ist die Stadt
Die heiße Herzen, meines auch, in ihrem Blinddarm hat
Die schönste Stadt der Welt direkt am Lethefluß
Ich leb in ihr, in der ich so viel lachen muß

Einst Welthauptstadt des Antisemitismus ist sie heute
Vergessenshauptstadt worden. In ihr lachen Leute
Die für das nackte Leben grad gnug Tränen haben
Sitzen in der Dunkelküche, eine halbe Welt geladen

Dies Wien liegt dennoch nicht im Österreiche
Und wer noch glaubt, daß diese Stadt, die herzensbleiche
Dem Land der Hauptsitz ist vom schroffen Alpenbunker
Der soll vom Transalpinen kommen da herunter
Möge uns geben den Devisenklunker
Und in der Hofburg riechen Östreichs beste Leiche

Ach diese Stadt ist nicht fürs Alpenglühen da
Sondern sie lebt, wie ich, längst in Diaspora

Lieblied 16 (In unsern Nähen verzweifelt sie sogar)

Du hältst
Was jene versprachen
Du gibst
Was jene nahmen

Ist alles ausgeklärt? Haben wir den Punkt?
Wissen wir was, wenn wir das wissen?

In den Umarmungen dementiert sich die Außenwelt.
In unsern Nähen verzweifelt sie sogar.
Nach den Erschöpfungen aber
Haben die Kommentatoren stets das Wissen

Sind wir was uns beigegeben, dieses
Eitle Gesamtkunstwerk Leidenschaft, bedungen
Von den Kränkungen herumstehender Anverwandter
und Anbekannter?

Herrjeh, dz, dz jessasmaria
Die Angsthasen flüstern über Papá, sogar
Mutti wäscht unser Geschirr, dorthin
Klammern die Sehnsüchte

Ich halte was du ausgeatmet hast und wenn
Du fortgehst hernach ist dennoch hinter den Bergen
Eine Menschenmenge. Die will mein Fernstes

Keuchscherzo 2

Welches ists, da entlanggeschlichen wird an den
Schattenrändern
Wo ists, da im Kreise herumsteht, was in die Mitte nicht
will
Woher kommts, das vor sich her Treibende, stempelt den
Rücken
Wohin gehts, daweil woanders hingeht die
Herzensfreude

Gefühl der Existenz Gefühl der Liebe Gefühl der
Atmung
Im größren Konzert der Lebenden ein Solo so quer und
so längs
Was trägt der Getriebene vor, aber was trägt er einher?
Welche von allen brauchen Den da, braucht er sich selbst
noch?

Aber die Nächte stürzen den Einödigen aus vier Wänden
rausgesickert
Mit unendlichem Dauerton auf den Schädel
ununterbrochen bis hin
Zum hoffnungsgeschwächten Mittag; da bohrt sich am
Tage
Der Anker ins Erdreich, runtergerasselt vom
Brusteingeweide.

Das zerrt. Und allein ist der Alleinige und buhlt er
vielzüngig

In der Existenz in der Liebe und der Atem geht raus
Ins feindliche Leben der Andern, kommt an im
Gehorche als Keuchen
Bricht ab und schüchtern nimmt ein huschender Scherz
seinen Abschied

Zwei Brücken (Requiem neunzigeins)

(Für Bärbl Šubik, posthum)

Im Regen die Avenue Bosquet ich trink
Das Bier aus im Bistro. Kein Wind.
Stillsteht ich weiß nicht wie das Hetzen der Passanten
Draußen obwohl Autos durch die Lachen fahren
Eines hinterm andern. Der Große Turm
Mild abgeschnitten von der Regenwolke und
Die Almabrücke schimmert blaß wogegen die
Des Alexanders golden abhebt stillsteht
Auf halbem Weg nach oben trinke ich das Bier und
Füll damit den leeren Raum unter der Brust die
Passagiere fremd und freundlich hocken vor den Tischen
Gegenüber und bei Seite. Ungenutzt an Bord ich schaue
da hin
Dort hin will nach draußen schaun von drinnen

Wind kommt nun auf sichtbar die Spitze jetzt
Des Großen Turms aus meinem biergefüllten Raum
Gären Erinnerungen stehen still im Hirne zahl ich
Und geh ins Bett halb schlafend höre ich den Sturm ich
Reit auf ihm durchs alte Prag die Burg ist von
Der Moldau nicht zu sehn ein Bierlokal
Gibt Obdach hundert Seidel hüpfen auf den
Tischen. Fehlt Hrabal dieser sei vergrätzt mag
Nicht besichtigt werden beim Gegrätze und Zeiten
Altneu sind die in Prag Hana Žantovska rennt
Ich neben ihr im Friedhof rum sie eilt ich schlaf nicht

Ganz von Berchtesgaden zu den Kinderzeichnungen
des Tomas Kauders
Woraufhin der nachdem er zeichnete ein paar als Kind
Aus der Theresienstadt nach Birkenau gereist wurde zur
Wolke ward zurück zur Moldau gar nicht schlief ich
immer
War zu sehen nichts von Burg und unbewegt
Sausen die Zeiten um die Ohren doch und stehen still es
Regnet. Aus meiner Netzhaut schneidet sich
Gleit ich hinüber? verkehrt der kleine Turm von
Tübingen im Himmel zieht der träge Fluß daneben
Seine Spur und brüllt auf einmal auf. Die Passagiere im
Bistro
Sowie im Friedhof um den Rabbi Löw schrein
durcheinander es
Geht um eine unbezahlte Rechnung Hrabal Bohumil
Kommt aus vergrätzter Krankheit ins Lokal und
schmeißt.

Er schmeißt die Inszenierung jenes Stillstands deutsche
Touristen segeln füglich auf das Pflaster ein
Kunstmensch
Stapft durchs neue Prag den Button von
Kepler oder Havel Wenzel auf der Stirn Gebraus
Von Glocken Schreien Stöhnen kontrapunktet
Den Sturm der in Paris die Fenster scheppern läßt ich
Schlafe tief. Es ist ein Mensch gestorben.

Ein anderer wird siebzig. In der Kammer in der
Mein Bett steht drehen beide zum Innennerv die Augen
der
Siebzigjährige alsdann steht auf der dunklen
Almabrücke ich
Nenn ihn George und Barbara auf der vom Dritten
Alexander. Sie sehen sich in meinem Traum. Die Tote
Rennt raus aus meinem Schlaf Verkehr setzt ein.
Gut Fahrt.

Sehnlied 9

Du weit. In andrer Ferne Landebahnen
Raketenzeug und Sterberei
Ich in der Schüttelhütte. Karawanen
Von Niemandstieren. Keiner ist dabei

Du dort. Und eine andre Dortigkeit
Macht mein Alleinsein lachen.
So greif ich runter zur Gelegenheit
Komm in der Jännersonne, da die Schwarten krachen.

Lieblied 19 (Haben doch sieben Leben)

Wir müssen vorsichtig sein mein Lieb
Das verlangt unser Realitätsprinzip
Wir sind so verschossen ineinand meine Liebe
Und erledigt womöglich hienied beim Genüge

Haben doch sieben Leben
Können das erste verschludern
Das zweite der Traumsucht geben
Das dritte mit Kopfangst verludern

Das vierte ideologisch verbrauchen
Was im fünften uns verschlaucht
Das sechste ein Trauerbetrieb

Im siebten wir endlich verrauchen
Denn in keinem sind wir gebraucht
Wir müssen vorsichtig sein mein Lieb

Sehnlied 8 (Sie kommt nicht)

Sie kommt nicht doch was brauch ich ein Kommen
Ich brauch das Kommen nicht ich komm ja selbst
Das Kommen ist ein ungestilltes Lassen

Und lass' ich mich daweil die Flüsse graben
Sich durchs Geerd vorbei an Stein und Wurzel
Bleib ich, verharrt im Schatten meiner eignen
Und Mahlströme, ein Bleibender, ein Störrischer vom
Ort.

Und kommt sich was und läßt sich stören
In Harmonie des Kommens und des Ausbleibens
Womöglich kommt der Katarakt
Aus stillen Säumnissen und wälzt sich auf die Brust

Und ungenutzt sitz ich einher und komm nicht
Fiedel mir aus dem Bauch gelassen Leben
Habe in aberwitziger Sicht
Vergeblichkeiten angehäuft. Die beben eben.

Zu den Bildern des Šubik

Für dich gibt es den Anfang nicht und nicht das Ende
Sodaß vom Echostrich traktiert beklommen deine
Hände
Auf alle Bilder alle Bilder schreiben
Und Schatten sind es, die sich einverleiben

Ich steh vor deinen Bildern vollgestopft sind sie
Mit den Geschichten aus der Dämmerhäresie
Doch dort die Morgenröte heut die Schläfer weckt
Hat Aufruhr sich im Traum des Wirklichen versteckt

Denn wirklich ist die Mordlust unsrer Nächte
Die Tag um Tag verspielt wird durchs lakonische
Gemächte
Ich gaff in deine Bilder wie gedungen.

Hat schon der Bildermarkt das Sehen umgebrungen
Wonach ich meine Zeit damit verbrächte
Zu spüren nicht, was alle Neuigkeit verschlungen?

Soska oder die Beschwichtigung

1.

Als ich vorlas meine Texte, Worte, Geschichten, Zeug
Tobte im Hintergrund der Stereolärm
Verstandest du nichts. Ich verstehe mich rauschend aber
In den Passaten
Hiesiger Zugeneigtheiten.

Doch spür ich dich brennen an meiner Glätte.

2.

Sage ich: ein Gedicht, welches Gedicht
Die Schwären lindert, welches Gedicht
In der Glätte sich auslallt
Nicht. Oh, der ich gescheit bin. Diese

Glätte. Glucksen
Der Rede. Lächeln
Die Wand entlang.

3.

Sage ich: wegen meiner Vorstürmerei
Im Zurückweichen bekamst du ganz nackte Augen
Und verstandest ja nichts
Außer das Wichtige.

Ich wollt dich küssen, irgendwie küßt ich dich wohl
Kerbe dich ein in die jüngere
Der beiden Vergeßlichkeiten.

4.

Sage ich: ein Gedicht, welches
Aushorcht die neuere Kultur, welches Gedicht
Schlingert im Zusammenbrechen.

Diese Beschwichtigungen, wie ich beschwichtige.
Glatte tu ichs

Wer will sehn, was er spürt. Er muß
Die Tür aus der Angel nehmen
Mit verkleideten Blicken und körperlicher Anstrengung
Da die Angel längst hineingerostet war

5.

Ich kenn dich nicht. Wirf
Dich auf mich bevor
Wir federballspielen
An den Pensionssonntagen
Meines Praters, schmeisse dich schon.

Persönlich weich ich aus zwar, aber du
Fällst glatt aufs Bett, da kann ich dich
Kann ich dich zudecken mit Stereomusik

Und einem Flieder voller Bücher
Tote, zerstückelt, Buchstabe neben Buchstabe
Ruhn auf deinem Leib, ich weiche
Zurück, von dort
Dicht schau ich über dich hin

Depressenburger Sonett

Dem Einen ist die Einöde nicht lustig, aber wie
Kommt dem Einen dann die Zweiöde vor
Alleinsein beim Vögeln zwischen Immer und Nie
Es öffnen sich Türln, es schließt sich das Tor

Zuzweitsein in der abgegrenzten Eigenart
Wie wiehert das aus der Hütte – im Zimmer das
Schweigen
Der Eine verbeißt sich im Widerpart
Und muß vor sich selbst seine Fremdheit zeigen

Alltäglich ist die Einöd nicht sondern die Zweiöde
Da zirpen sie sich in die Herzen, die müssen schwellen
Draußen regnets, aber drinnen die Niemandsrede

So macht der Eine sich selbst zum Spießgesellen
Auf daß sich anvölkern in jedem die Einsamkeitshöllen
Dafür draußen wachset Natur schön und blöde

Ob Einöd oder Vielöd, man ist so frei
In Depressenburg, Hauptstadt der Melancholei

In diesem Lichte 2

Das Lächeln der Frauen ich sehs ich spürs
Und bin schon abgewandet in bloßer Haut
Mach ich mir den Spagat im Ichquadrat ein
Labortier und wandere im Schatten

Ist das der Preis für hingeschriebne Worte
Kommt künftig alle Fremdsucht bloß aus der Retorte
Da schreib ich dichtgedrängt beliebige Berichte
Die Frauen lächeln wohl in diesem Lichte

Narziß mit Blechmond die Energie
Stark vom Selbstgekreisel nun.
Dazu kommts jetzt? Ich sollt alle
Texte abwanden zur düstren Nacktheit Immernie

Sind das die Löhne nach der Schreiberei
Ist mir die Atmung selbst schon nullerlei
Das Ichwir-Reich zerfallen, tiefer Schnee
Beim Ichexil im trauten Altaussee

Des Nachts jedoch träum ich so wild wie ehedem
Der Tag darauf ist durchgesonnt und schön

Kapitel 4

Dir und mir ists Nimmerrast

Lieblied 17

Her mit dem Wein
Dem Ausgedörre der blinden Wut
Her mit dir, tritt ein
Ins Dunkle, salz mir mein Blut

Damit ich nach so langer Zeit
In Ruhe Ah sag und im Nu
Damit ich meine Ewigkeit
Sekundenschnell vertu

Her mit dem Wein
Bis in die Morgenträne
Wonach ich nichts erwähne

Vom in sich dummen Hirngedröhne
Dortselbst ich ganz allein
Und hungrig bin an deinem kühlen Bein

Abschied von D (Pour Hölderlin XIV)

Und du Madame mit deinen Leuchtern
Den Haaren um die Uhr dem schnellen Atem
Und du verblassend in die Fernen gehend
Mit lauten Wörtern und gebärdenreichem Nichtsda

Hast mich genommen in ein leeres Zentrum
Da bin ich nun und seh von da nach dort
Die Ziehharmonika beginnt zu atmen
Wirft Töne mir in Hals. Das Herz kein Ort

Und ich kein Ort das Herz und ich weshalb.
In deinen Fernen eine Kringelpost
Ein Nebelwort in männlicher Gestalt
Mein Hals ein Schluck ein Platz ein Halt

Nehm ich dich in die Arme ungetrost
Die Lüste bruzzeln zart auf kleinem Rost
Der Mai ist kommen Fahnen klirren kalt

Bin 6 (Die Zeit, das schicke Freudenmädchen)

Doch angewurzelt stand ich vor der Zwillingsschwester
Vergangner Liebe und der Regen geht
Und kommt das Augenlicht, beleuchtet umso fester
Wie unverloren mich mein eignes Herz erschlägt

Denn hinter mir fault mir die Zeit wie Dünger
Vor mir droht Ödnis und die Angst fegt leer
Was heißt die Angst? Vom elften Zwischenfinger
Wächst mir herauf, was nimmermehr

Sich austilgt, wenn ich nüchtern nun beseh
Daß ich bloß haben wollt, was längst vergangen . . .
Es mag schon sein, daß ich so abgehangen.

Bin dennoch selbig und in Lust und Angst gefangen
Die Zeit, das schicke Freudenmädchen, meine zwölfte
Fee
Schließt mir die Leibtür auf. Ich hebe mich und geh.

Zweiter Splitter Nacht

Wieder dich verlieren
Noch nicht dich gefunden
In solchen Schlieren
Gebannt unsre Stunden

Schon auseinander
Zusamm kaum gekommen
Hernach das Gewander
Unter den Frostesonnen

Dabei unsre Nächte
Vorm Fenster Pirol
Und glückten wir wohl

Yuppilied 1 (Requiem auf die Übrigbleiber)

Rätselig das Dasein. Das Fortsein evident
Was sich die Zeit da leistet und mit sich führt
Die Übrigbleiber freun sich und sie bleiben ungerührt
Skandal, wer aus den Massen raustritt und sein Namen
nennt

Ein Schneckenschleim die Einöd Stufensteigen
Die Hemden werden weiß, der Achselschweiß
verunglimpft
Doch abends im geschickten Beiselreigen
Bin ich von vornherein vor Liebesblicken abgeimpft

Das ist ein donnerndes Gefühl. So locker leben
Doch wenn ein Übrigbleiber sich in Boden stampft
Nehm ichs zur Kenntnis, sehr betroffen unverkrampft

Indes die Seele seelenruhig mir in der Brust verdampft
Zappel ich den Herzschlag lang und kann so leben
Und bleib nicht übrig wie du da und du daneben

Schläfchenlocken

In Mittelmäßigkeiten schreibe ich mich ein
Das Gipfelkreuz es rostet ohnedies
Doch auch der Städtesand kein Eigenheim
Ich schlacht, mich überlebend, gern das Paradies

Mit großen Schuhen in den Städten aber ja
Das Lachen weindurchpulst, hinter dem Berg
Ist bloß der Hunger und der Tod blabla
Ich schluck die Angst, wachse zum Zwerg.

Das Alles tätige ich. Die durchgeflossenen Gestalten
Spein Sonnenbälle, kühn erkoren,
Damit die Trottel sich auch unterhalten

Zwar hab ich meine Schläfchenlocken auf dem
Gipfelkreuz verloren
Doch mag ich Liebesdinge in der Ebene verwalten.
Tränen wie Rost, und ich leb unverfroren

Lieblied 20

Die junge Liebe überaltert. Aber junge Lieb.
Schon ist dabei das Schweigezeichen
Zwar überschwemmen die gewissen Säfte den
alltäglichen Betrieb
Doch werden sie für bloß zwei Atemlängen reichen?

Wozu das wissen wollen? Ohnedies sind wir verfangen
In Zaubernähen und verhexender Distanz
So sehnen wir uns bucklig. Kann das langen?
Da ist der Endlostraum, und da der kniegeprüfte
Alltagstanz

Ah ja. Und mähliche Geschwader der Gedanken.
Wär Sprache nicht so dauernd, wären Worte
Nicht pünktlich – guten Tag – am Ängsteorte

Wär Sprache anders, eine schweigende Kohorte
Macht dann den Herzschlag wörtlich. Und die
Schranken
Die stärksten sind sehr schwächlich, wenn die Knie so
wanken

Reise nach München

Ich trottelhafter Mann oh Mann
Komm angereist mit meinen dunklen Hüften
Damit ich wo ich bin tu was ich kann
Aus lichten Dunkelheiten rein in dunkle Lichten

Von Wien komm ich gewackelt. Ausgerechnet München
Vorbei an Linz und Wels und Attnang Puchheim
So reist der Aufruhr rein ins große Sinnchen
Hauptstadt mit Haken, doch ich komm herein

Mit allem was ich nicht bin. Was ich bin.
In alles was du doch vermieden hast
Wir hatten uns vor uns gehütet fast.

Jetzt geh ich ungefähr präzise zu dir hin
Und was uns Lust ist dir und mir ists Nimmerrast
Von Wien nach München reist Herr Harlekin

Marsfeld 6 (Arm in Arm)

Arm in Arm auf dem Boulevard de Belleville
Uns entgegen der eisige Wind
Bis wir Platz fanden bei tunesischen Juden zwischen
Kouskous und Rotem Wein
Draußen klirrte das Geschehen klein und geduckt
Gingen die Menschen unter den Automobilen
Ihrer Wege drinnen schauten wir
Uns an Araber da Juden dort Musik
Überall und wir lehnten
Uns zurück lachten aßen und tranken unten
Morsten Blitze der Erde deren ehebaldigen
Tod sie fahren so hören wir in die
Körper der Kombattanten glänzend die Szenerie
Am Fernsehschirm orangenes
Licht Dämpfe Herumliegende in endgültigen
Stellungen in allen und nochmals allen
Sprachen Kommentare zum Engelsturz tranken
Wir aus unsere Weine
Mit wachen Augen verabredeten wir
Nächsten Tag uns wiederzusehen nichts
Wird uns hindern

Inhalt

Kapitel 1
Im schönen Zwischdraußen

Kapitel 2
Nordnordsüd zum Wörterdelta

Kapitel 3

Ein Störrischer vom Ort

Kapitel 4

Dir und mir ists Nimmerrast

Deutschsprachige Literatur in der edition suhrkamp: Lyrik

Brecht, Bertolt: Ausgewählte Gedichte. Auswahl von Siegfried Unseld. Nachwort von Walter Jens. es 86
– Ausgewählte Gedichte Brechts mit Interpretationen. Herausgegeben von Walter Hinck. es 927
– Buckower Elegien. Mit Kommentaren von Jan Knopf. es 1397
– Gesammelte Gedichte. Bd. 2. Herausgegeben vom Suhrkamp Verlag in Zusammenarbeit mit Elisabeth Hauptmann. es 836
– Gesammelte Gedichte. Bd. 3. Herausgegeben vom Suhrkamp Verlag in Zusammenarbeit mit Elisabeth Hauptmann. es 837
– Gesammelte Gedichte. Bd. 4. Herausgegeben vom Suhrkamp Verlag in Zusammenarbeit mit Elisabeth Hauptmann. es 838
Bulla, Hans Georg: Weitergehen. Gedichte. es 1002
Buselmeier, Michael: Radfahrt gegen Ende des Winters. Gedichte. es 1148
Celan, Paul: Ausgewählte Gedichte. Zwei Reden. Nachwort von Beda Allemann. es 262
Dinescu, Mircea: Exil im Pfefferkorn. Ausgewählt, übersetzt und mit einem Nachwort versehen von Werner Söllner. es 1589
Drawert, Kurt: Privateigentum. Gedichte. es 1584
Eich, Günter: Botschaften des Regens. Gedichte. es 48
Enzensberger, Hans Magnus: Blindenschrift. es 217
– Die Furie des Verschwindens. Gedichte. es 1066
– Landessprache. Gedichte. es 304
Gröner, Walter: Ein rasend hingehauchtes Herbsteslicht. Bergeller Gedichte – Puisiá. es 1371
Grünbein, Durs: Grauzone morgens. Gedichte. es 1507
Handke, Peter: Die Innenwelt der Außenwelt der Innenwelt. es 307
Happel, Lioba: Grüne Nachmittage. Gedichte. es 1570
Hodjak, Franz: Siebenbürgische Sprechübung. Gedichte. Herausgegeben und mit einem Nachwort versehen von Werner Söllner. es 1622
Kling, Thomas: geschmacksverstärker. gedichte. es 1523
Köhler, Barbara: Deutsches Roulette. Gedichte. es 1642
Kolbe, Uwe: Abschiede und andere Liebesgedichte. es 1178
– Bornholm II. Gedichte. es 1402
– Hineingeboren. Gedichte 1975-1979. Mit einer Nachbemerkung von Franz Fühmann. es 1110
Krolow, Karl: Landschaften für mich. Neue Gedichte. es 146
– Schattengefecht. es 78
Leisegang, Dieter: Lauter letzte Worte. Gedichte und Miniaturen. Herausgegeben von Karl Corino. es 1021

302/1/2.92

Deutschsprachige Literatur in der edition suhrkamp: Lyrik

Oppenheim, Meret: Husch, husch, der schönste Vokal entleert sich. Gedichte, Zeichnungen. Herausgegeben und mit einem Nachwort versehen von Christiane Meyer-Thoss. es 1232

Schedlinski, Rainer: die rationen des ja und des nein. gedichte. es 1606

Schindel, Robert: Ein Feuerchen im Hintennach. Gedichte. es 1775

– Geier sind pünktliche Tiere. Gedichte. es 1429

– Im Herzen die Krätze. Gedichte. es 1511

– Ohneland. Gedichte vom Holz der Paradeiserträume 1979-1984. es 1372

Söllner, Werner: Kopfland. Passagen. Gedichte. es 1504

Techel, Sabine: Es kündigt sich an. Gedichte. es 1370

Treichel, Hans-Ulrich: Liebe Not. Gedichte. es 1373

– Seit Tagen kein Wunder. Gedichte. es 1610

Wichner, Ernest: Steinsuppe. Gedichte. es 1493

302/2/2.92

316/1/6.90

edition suhrkamp
Eine Auswahl

316/2/6.90

316/3/6.90

edition suhrkamp
Eine Auswahl

316/4/6.90

edition suhrkamp
Eine Auswahl

316/5/6.90

edition suhrkamp
Eine Auswahl

316/6/6.90

edition suhrkamp
Eine Auswahl

316/7/6.90

316/8/6.90